Markus Osterwalder, geb. 1947 bei Zürich, Schriftsetzerlehre, Grafiker bei einem Schulbuchverlag in Paris, dann bei einem Hamburger Verlag für die Zeitschrift «Akut». Mehrere Jahre Layouter beim «ZEITmagazin». Jetzt künstlerischer Leiter bei einem Kinderbuchverlag in Paris. Mitarbeit bei den Zeitschriften «Yps», «Pop», «Popfoto», «Sounds», «Graphia» u. a. Autor des Illustratoren-Nachschlagewerkes «Dictionnaire des Illustrateurs 1800–1914», Paris. Lebt in Arcueil bei Paris.

Bisher sind u. a. folgende Titel von Bobo Siebenschläfer bei rotfuchs erschienen:
«Bobo Siebenschläfer», «Bobo Siebenschläfer macht munter weiter», «Bobo Siebenschläfer ist wieder da» und «Bobo Siebenschläfer wird nicht müde».

Markus Osterwalder

Das Beste von Bobo Siebenschläfer

Bildgeschichten
für ganz Kleine

Rowohlt Taschenbuch Verlag

Inhalt

6	Bobo feiert Mamas Geburtstag		
16	Bobo geht einkaufen		
24	Bobo ist krank		
32	Bobo bei der Großmutter		
40	Bobo und der Schlüssel Krik-krak		
49	Bobo und die Grillparty		
58	Bobo im Schnee		
70	Bobos Weihnachten		

Bobo feiert Mamas Geburtstag

Bobo schläft tief. Papa kommt in sein Zimmer und kitzelt ihn vorsichtig am Fuß.

«Bobo, aufwachen!», flüstert Papa.

Bobo ist noch ganz verschlafen.

Aber plötzlich ist Bobo hellwach: Da war doch etwas!

Papa flüstert Bobo etwas ins Ohr. Oh ja, genau!

Papa hilft Bobo
beim Anziehen.
«Immer dieser Knopf!»,
sagt Papa.

Dann noch schnell ins
Badezimmer. Mit dem
Waschlappen übers Gesicht.
Der Sandmännchen-Sand
muss aus den
Augenwinkeln.

«Hände hoch!», sagt Papa,
und schwuppdiwupp
wird unter den Armen
gewaschen.

In der Küche hat sich
Papa schon Kaffee gekocht.
Bobo verdrückt
einen Zwieback.

Dann machen sich
Papa und Bobo
auf den Weg.
Wo wollen sie hin?

Ah, jetzt sind sie
beim Bäcker
angekommen.

Bobo hat im Regal schon eine Torte entdeckt.
«Die nehmen wir», sagt Papa.

Während der Bäcker die Torte in eine Schachtel packt, fragt er: «Brauchen Sie auch Kerzen?» Papa nickt.

Bobo ist ganz stolz. Er darf die Torte tragen.

Vorsichtig, Bobo!
Ganz langsam
die Treppe runter!

Bobo hat es geschafft.
Aber jetzt denkt er
an die Überraschung.

Vor Freude fängt
er an zu hüpfen.
Oh nein!

So eine Torte
verträgt das nicht.
Hoppla! Pass auf!
Bobo stolpert …

… und patsch!
ist die Torte kaputt.
Was nun?

Oje, was machen wir nun?

Bobo trägt das, was noch von der Torte übrig ist. Papa nimmt ihn auf die Schultern.

Zu Hause versucht Papa zu retten, was noch zu retten ist.

Mit Löffelbiskuits wird die Torte abgestützt.

Dann pflücken sie auf der Wiese hinter dem Haus noch einen Blumenstrauß.

«Aber Bobo, für einen Strauß müssen die Stiele doch länger sein!»

Jetzt braucht Papa nur noch die Kerzen anzuzünden.

Bobo trägt den Blumenstrauß in der Vase
und Papa die Torte mit den brennenden Kerzen.

Papa und Bobo singen: «Alles Gute für dich!
Alles Gute zum Geburtstag!» Mama freut sich.

Mama bläst die Kerzen aus.
Fffffffft.

Dann frühstücken
sie mit Mama.
Die Geburtstagstorte
schmeckt Bobo lecker.

Das war ein
aufregender Morgen.
Bobo ist neben Mama
im Bett eingeschlafen.

Bobo geht einkaufen

Mama und Bobo gehen einkaufen.
Na, wo ist Bobo?

Ja, Bobo sitzt in
dem Einkaufswagen.
Und schon fahren
sie los.

Mama legt
die Waren
in den
Einkaufswagen.

Bobo will eine Wurst einpacken. «Nein, Bobo, wir haben noch eine Wurst zu Hause», sagt Mama.

Jetzt haben sie
genug eingepackt.

Milch   Zahnpasta   Nudeln

Mais

Zwiebeln

eine Klebefilmrolle

Marmelade

Kekse

eine Schuhbürste

Spülmittel

eine Dose Fisch

Joghurt

Watte   Babyöl   Toilettenpapier

Papierservietten   Buntstifte

Mama legt alles neben die Kasse und bezahlt.

Sie hebt Bobo wieder in die Karre.

Die vielen
Sachen kommen
in den Sack.

Beim Gemüsestand
kaufen sie
Äpfel und Birnen.

Beim Fischmann
kaufen sie
einen Fisch.

Mama hebt
Bobo wieder
aus der Karre.

Sie steigen die
Treppe zum
Bäcker hoch.
Was gibt es alles
beim Bäcker!

Großes Brot und kleines Brot

Bonbons
und Pralinen

Topfkuchen

Hörnchen
und Schokolade

Mama und Bobo müssen noch zum Schlachter.

Der Schlachter gibt Bobo eine Scheibe Wurst. «Sag danke, Bobo!»

Dann gehen sie weiter. Vor dem Kaufhaus steht ein Schaukel-Elefant.

Bobo will reiten.
Mama setzt ihn
auf den Elefanten.

Hopp

und hopp

und hopp

und aus!

Am Kiosk kauft Mama noch ein Bilderbuch und eine Zeitung.

Bobo beguckt sich die Bilder und schläft ein.

Bobo ist krank

Mama Siebenschläfer macht sauber.
Bobo spielt mit den Bauklötzen.
Aber sie fallen immer wieder zusammen. Bobo weint.

Bobo möchte auch
staubsaugen.

Er darf auf dem
Staubsauger reiten.

Aber Bobo
weint immer noch.
Ob Bobo Hunger hat?

Er möchte vielleicht
einen Keks.

Mama gibt ihm
einen Keks.

Mmmm!
Bobo isst gern
Schokoladenkekse.

Jetzt ist Bobo
ganz still.

Er legt sich auf den Boden.
Was ist nur los mit Bobo?

Ist Bobo vielleicht krank?
Mama legt die Hand
auf seine Stirn.
Sein Kopf ist ganz heiß.

Mama nimmt Bobo
auf den Arm

und trägt
ihn ins Bett.

Mama Siebenschläfer
telefoniert mit dem Arzt:
«Hallo, Herr Doktor!
Ich glaube, Bobo ist
krank!»

Mama
Siebenschläfer
holt das Fieber-
thermometer.

Hat Bobo Fieber?

Da ist schon der Doktor. «Na, wo tut´s denn weh?», fragt er.

«Mach mal aaa!» Bobo macht aaa. «Du hast eine Grippe», sagt der Doktor.

Der Doktor gibt Mama erst mal eine Schachtel.

Darin sind Zäpfchen, damit Bobo besser schläft und kein Fieber mehr hat.

Dann schläft Bobo ein.

Papa ist gekommen.
Er gibt Bobo
ein Küsschen.

Nun muss Bobo
Sirup trinken.

Bobo weint.
Er will keinen
Sirup trinken.

Jetzt hält das Kasperle
den Siruplöffel.
Nun schluckt Bobo
den Sirup.

Papa Siebenschläfer
liest aus einem
Bilderbuch vor.

Ganz schnell schläft
Bobo ein. –
Und bald ist er
wieder gesund.

Bobo bei der Großmutter

Das ist Großmutters Haus.
Bobo drückt schon auf die Klingel.

«Ja, wer ist denn da?
Mein kleiner Bobo besucht mich!
Kommt alle herein!», ruft Großmutter.

«Möchtest du ein Brötchen, Bobo? – Kannst du schon aus einer Tasse trinken?»

«Bist du schon satt?», fragt Großmutter. Aber Bobo flüstert Mama etwas ins Ohr. «Was will er denn?», fragt Großmutter.

«Ah! Bobo will die Kaninchen sehen! Dann komm! Großmutter zeigt dir die Kaninchen!»

Mama und Papa können jetzt in Ruhe weiterfrühstücken.

«Wir zwei gehen jetzt Kaninchen füttern. Weißt du noch, wo die Kaninchen sind?»

Da sind die Kaninchen!

«Hier, Bobo! Nimm dies Blättchen und gib es dem Kaninchen zu fressen!»

Ja, die Löwenzahnblätter mag es gern!

«Und das ist die Löwenzahnblume!»

«Es ist eine richtige Pusteblume!»

Bobo pustet auch.

«Tüt, tüt.»
Großmutter macht Musik mit dem Blumenstängel.

«Psst!
Siehst du da die
Heuschrecke?!»

«Hopp!
Jetzt hüpft sie
weg!»

«Oh! Was krabbelt
da auf meinem
Finger?! Ein
Marienkäfer!»

«Ffffh! Jetzt fliegt das Marienkäferchen weg!»

«Was ist das?», fragt Bobo. «Das ist eine Raupe. Sie frisst Blätter.»

«Daraus wird mal ein Schmetterling. Einer wie dieser. Nein! Nicht anfassen, Bobo!»

«Hmm,
schau mal hier!
Erdbeeren.»

Mmmm.
Das schmeckt!

«Da kommen ja
Mama und Papa!»,
sagt Großmutter.
Aber Bobo ist schon
eingeschlafen.

Bobo und der Schlüssel Krik-krak

Das ist Bobos Haus vom Himmel aus gesehen.
Wer schaut denn von so weit oben herunter?

Ein Vogel!

Er hat sich auf einen Ast
im Baum gesetzt.

Der Vogel schaut
zum Haus.
Niemand da?
Jetzt fliegt er auf
den Fenstersims.
Da gibt es was
zu naschen!

Der Vogel
pickt ein paar
Kuchenkrümel auf.

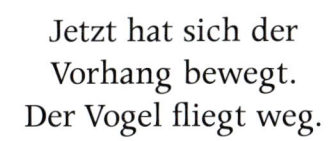

Jetzt hat sich der
Vorhang bewegt.
Der Vogel fliegt weg.

Ah, Bobo isst Kuchen.
Ein paar Krümel fallen
dabei runter.

Jetzt hat Bobo
etwas entdeckt.
Einen Schlüssel!

Bobo liebt Schlüssel.
Mal sehen, ob er
ihn rauskriegt.

Ohne Problem
raus aus dem
Schlüsselloch.

Und wieder rein?
Mal probieren.

Und jetzt drehen:
krik-krak!

Jetzt will
Mama Siebenschläfer
zu Bobo herein-
kommen.

«Du musst den
Schlüssel drehen! Nein,
in die andere Richtung.

Bobo,
bitte versuch
es noch mal.»

Schlüsseldrehen
macht gar
keinen Spaß.
Bobo weint.

Alles Zureden
hilft nichts.

Mama überlegt:
Ob der Schlüssel
unter der
Tür durchpasst?

Der Spalt ist zu schmal.
Mama weiß nicht mehr,
was sie tun soll.
Sie ruft Papa
im Büro an.

«Ich kann jetzt
nicht weg», sagt Papa.
«Vielleicht kannst
du zum Fenster
rausklettern.»

Mama öffnet das Fenster.
Ist das nicht viel zu hoch?
Nein, es geht.

Sie klettert
über den
Fenstersims.

Jetzt nur
noch fallen
lassen …

Gut, dass Mama
die Hausschlüssel
bei sich hat.

Krik-krak!
Haustür auf.

«Nicht mehr
weinen, Bobo.
Mama ist ja da!

Machen wir
schnell die
Zwischentür
wieder auf.

Jetzt hängen wir
diesen Schlüssel,
der uns ausgesperrt hat,
an den Haken.

Nach dieser Aufregung müssen wir uns ein bisschen ausruhen.»

Bobo und die Grillparty

Wer kommt denn da?
Papa Siebenschläfer kommt von der Arbeit nach Hause.

Ein Küsschen für Mama.

Ein Küsschen für Bobo.

Bobo ist aufgewacht.

«Hallo, Bobo!», sagt Papa.

«Gib mir deine Hände zwischen den Beinen durch, Bobo.»

Jetzt in die Luft.
Hopp!

Bobo liebt
dieses Kunststück.

Papa ist ins
Schwitzen gekommen
und muss sein
Jackett ausziehen.

«Jetzt musst du mir aber helfen, Bobo!»

Bobo hilft, Kleinholz zum Grill zu tragen.

Jetzt zerknüllt Bobo eine alte Zeitung zu Papierkugeln. Das kann er gut.

Papa braucht mehr Holz
und muss große Stücke
zerkleinern.
Bobo darf nur von
weitem zuschauen.
Damit nichts passiert.

Bobo schichtet
die zerkleinerten Scheite
im Grill auf.

Aufgepasst, jetzt
wird es gefährlich!
Papa zündet
das Papier an.

Bobos Augen brennen.
Das Feuer macht
viel Rauch.
Papa wedelt mit
der Schaufel.

Da kommen schon die ersten Gäste:
die Familie Albani.

Und die Familie
Kaganski ist auch
schon da.

Das Fleisch
und die Würste
brutzeln auf
dem Grill.

Wer möchte
ein Stück Wurst?

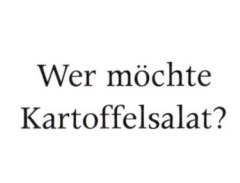

Wer möchte
Kartoffelsalat?

Mmm,
die Wurst hat
geschmeckt.

Zum Nachtisch
gibt es Obstsalat.

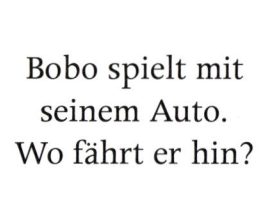

Bobo spielt mit
seinem Auto.
Wo fährt er hin?

Bobo muss
auf die Toilette.
Er hat sich
ein paar Bücher
mitgenommen.

Dann legen sich
Papa und Bobo
im Garten
auf eine
Wolldecke.

Die Gäste haben
sich verabschiedet.
Bobo ist
eingeschlafen.

Bobo im Schnee

Bobo sitzt im Zug am Fenster. Siehst du ihn?

«Schau, die Schäfchen da draußen!», sagt Papa.

«Die Fahrkarten bitte!», sagt der Kontrolleur. Bobo zeigt seinen Fahrschein.

«Ah, du fährst in die Berge!», sagt der Schaffner.

Krik! Der Bahnbeamte macht mit einer Zange ein Löchlein in den Fahrschein.

«Auf Wiedersehen!» Bobo winkt.

Bobo schaut sich das Löchlein im Fahrschein an.

«Möchtest du was trinken, Bobo?», fragt Mama.

Bobo möchte eine Geschichte vorgelesen bekommen.

Die Abteiltür öffnet sich wieder. Eine Dame mit einem Baby kommt herein.

Bobo möchte jetzt zeichnen. Mama hat den Zeichenblock und die Farbstifte aus der Tasche geholt.

Papa soll auch etwas zeichnen.

«Trullalla, di hopsassa», singt Papa und lässt seine Zeichnungen tanzen. «Mehr!», sagt Bobo.

Papa Siebenschläfer steckt die Zeichnungen weg. Mama zieht Bobo an. «Wir müssen bald aussteigen!»

Papa Siebenschläfer nimmt die Reisetaschen aus der Gepäckablage. «Auf Wiedersehen, gute Reise!»

«Beeilt euch, wir müssen den Bus erwischen!», sagt Papa Siebenschläfer.

Der Bus fährt
auf einer kurvigen
Bergstraße. Auf der
einen Seite geht es
steil hinunter.

«Wir sind
angekommen.»
Der Bus fährt
schon weiter.

Jetzt geht's zur
Gondelbahnstation.

Man muss schnell
in die Gondel
einsteigen.

Ein Stahlseil
zieht die Kabine
den Berg hinauf.

«Schau, Bobo,
die Skifahrer dort!
Hui, im Schuss flitzen
die den Berg hinunter»,
sagt Papa Sieben-
schläfer.

Bobo sinkt beim Gehen in den Schnee ein.

«Dort kann man Schlitten mieten!»

«Es gibt keine große Auswahl mehr», sagt der Schlitten- und Skivermieter. «Heute ist viel los!»

Papa und Bobo setzen sich auf den Schlitten.

«Huiii! Das geht schnell!»

Bobo lässt sich von Papa den Berg hinaufziehen.

Jetzt kommt Mama dran mit Schlittenfahren.

«Hoho …

… Hoppla, was war das?»

Pardauz …
Oh, jetzt sind sie in den Schnee gepurzelt.

Bobo zieht den Schlitten bis zur Abgabe.

Was soll das werden? Papa Siebenschläfer rollt eine Schneekugel herum.

Nun setzt er eine zweite Schneekugel drauf. Und eine kleinere dritte Kugel.

Ah, ein Schneemann! Bobo darf die Arme dranstecken.

«Lasst uns doch noch eine Fahrt
mit dem Pferdeschlitten machen!»,
sagt Papa Siebenschläfer.

Auf dem Rückweg
ist Bobo eingeschlafen.

Bobos Weihnachten

Bobo spielt allein in seinem Zimmer.

Er versucht, zwei Schienen von seinem Holzzug zusammenzuhängen.

Das geht nicht leicht. Man bringt es nicht immer auf Anhieb fertig.

Es klingelt.
Bobo ist neugierig.
Er steht auf.

Heute ist kein
Tag wie alle andern.
Bobo weiß das.

«Aber Bobo,
sei nicht so
schüchtern.
Begrüß deine
Cousins!», sagt
Tante Marina.

Bobo lächelt.

Schon gehen sie
alle zusammen
ins Kinderzimmer.

Bobo zeigt
Philippe und Beni
seinen Zug.
Beni möchte auch
mitspielen und nimmt
einen Waggon.

Bobo nimmt ihm
den Wagen weg.
Beni weint.

«He! Ihr Großen,
lasst den Kleinen
auch mitspielen»,
sagt Papa
Siebenschläfer.

Aber jetzt
möchte Beni
nicht mehr.

«Kommt, Kinder, wir machen einen Spaziergang», sagt Papa Siebenschläfer. «Wir müssen uns warm anziehen. Es ist sehr kalt draußen.»

Der kleine Beni darf heute in Bobos Karre fahren. Bobo schmollt.

Bobo darf vom Mäuerchen springen. Jeder kommt einmal dran.

Es ist Zeit
heimzukehren.

Das Essen steht
schon auf dem
Tisch.

Der kleine Beni
sitzt in Bobos
Kinderstuhl.

Ein Glöcklein klingelt.

Alle singen «O Tannenbaum» und «Stille Nacht».

Bobo hat auch neue Waggons und Schienen für seinen Holzzug bekommen.

Er spielt mit seinen neuen Spielsachen ...

Es ist spät geworden. Die Kinder sind eingeschlafen.

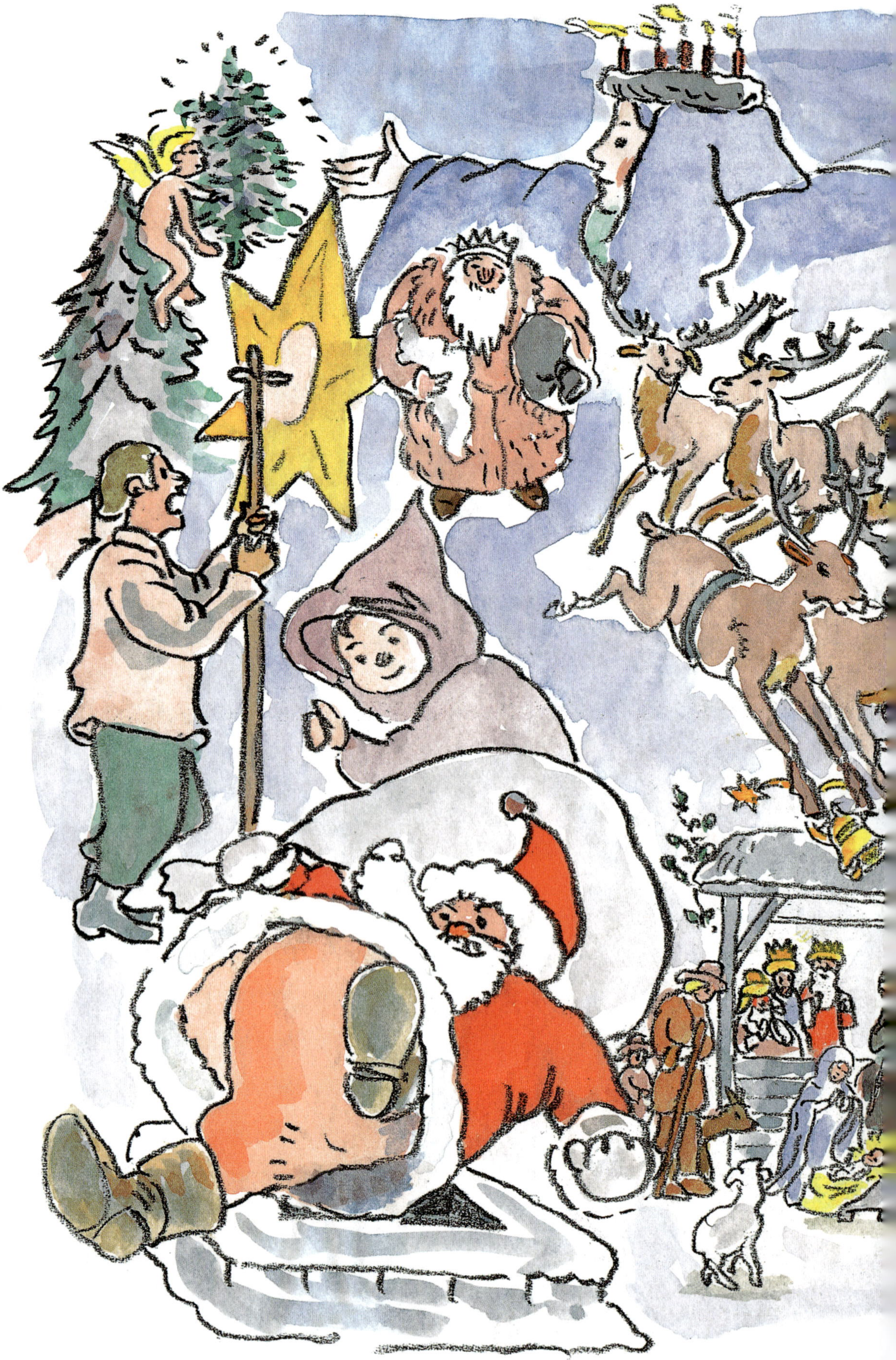

Was mag Bobo wohl träumen?

Sonderausgabe

Veröffentlicht im Rowohlt Taschenbuch Verlag,
Reinbek bei Hamburg, Dezember 2011
«Bobo feiert Mamas Geburtstag»
Copyright © 2011 by Rowohlt Verlag GmbH, Reinbek bei Hamburg
«Bobo geht einkaufen» und «Bobo ist krank»
Aus: «Bobo Siebenschläfer»
Copyright © 1984 by Rowohlt Taschenbuch Verlag, Reinbek bei Hamburg
«Bobo bei der Großmutter»
Aus: «Bobo Siebenschläfer macht munter weiter»
Copyright © 1986 by Rowohlt Taschenbuch Verlag, Reinbek bei Hamburg
«Bobo und die Grillparty» und «Bobo und der Schlüssel Krik-krak»
Aus: «Bobo Siebenschläfer wird nicht müde»
Copyright © 2008 by Rowohlt Verlag GmbH, Reinbek bei Hamburg
«Bobo im Schnee» und «Bobos Weihnachten»
Aus: «Bobo Siebenschläfer ist wieder da»
Copyright © 1997 by Rowohlt Taschenbuch Verlag, Reinbek bei Hamburg
Lektorat Christiane Steen
Umschlaggestaltung any.way, Barbara Hanke/Cordula Schmidt
Umschlag- und Innenillustrationen Markus Osterwalder
Satz aus der Apollo MT (PostScript), InDesign
Druck und Bindung Mohn media Mohndruck GmbH, Gütersloh
Printed in Germany
ISBN 978 3 499 21629 9